AF468089

RÉFLEXIONS
D'UN ANTI-TRILOGISTE
SUR LES
BURGRAVES

PAR

LE CAPITAINE PIERRE LEDRU.

Devèze.

> Que dites-vous, mon cher, de l'Hugotrilogie ?
> — Qu'on devrait l'appeler l'Ostrogotrilogie.

PARIS,

GARNIER, FRÈRES, PALAIS-ROYAL.
PILOUT ET Cᵉ, RUE DE LA MONNAIE.
DAUVIN ET FONTAINE, PASSAGE DES PANORAMAS.

—

1843.

RÉFLEXIONS
D'UN ANTI-TRILOGISTE

SUR LES

BURGRAVES

PAR

LE CAPITAINE PIERRE LEDRU.

Que dites-vous mon cher de l'Hugotrilogie?
— Qu'on devrait l'appeler l'Ostrogotrilogie.

PARIS,

GARNIER, FRÈRES, PALAIS-ROYAL.
PILOUT ET Ce, RUE DE LA MONNAIE.
DAUVIN ET FONTAINE, PASSAGE DES PANORAMAS.

1843

Imprimerie d'Ad. Blondeau, rue Rameau, [illegible]

PRÉFACE.

Il a déjà paru une multitude de feuilletons et d'articles sur les *Burgraves*. Ma brochure sera donc, je le crains bien, *de la moutarde après dîner;* aussi étais-je fort peu disposé à la mettre au jour; mais, que voulez-vous? il m'a fallu céder à l'influence irrésistible de ces amis (supposés) dont les efforts (imaginaires) triomphent toujours de la modestie des auteurs : ils m'ont forcé la main !!! — à eux le remords de m'avoir exposé à grossir le nombre des écrivains sans lecteurs.

RÉFLEXIONS

D'UN ANTI-TRILOGISTE

SUR

LES BURGRAVES.

Que dites-vous, mon cher, de l'Hugotrilogie?
— Qu'on devrait l'appeler l'Ostrogotrilogie.

Le public — à moins que l'esprit de parti, soit politique, soit littéraire, ne vienne l'influencer — se montre en général fort indulgent à l'endroit des productions de l'art dramatique, et cela se conçoit, car les chefs-d'œuvre, — assez rares par le temps qui court, — alimenteraient difficilement un des besoins les plus vifs de cette époque de civilisation avancée, — ou de décadence, — comme on voudra.

Donnez-*nous* du nouveau, n'en fut-il plus au monde.

Or les *Burgraves*, ces vieux pécheurs, sont du moins innocents de toute allusion aux affaires du temps, et si les opinions de l'auteur ont varié avec les circonstances, personne, en vérité, n'en prend souci et ne songe à lui en faire un crime. Nous sommes blasés sur les revirements de ce genre : il en a tant passé sous nos yeux ! — Et puis, soyons justes, qui de nous n'a pas au moins une petite palinodie sur la conscience? — D'un autre côté, la guerre a cessé entre deux écoles rivales; les parties belligérantes, après de mutuelles concessions, se sont donné la main, et le *classicisme* laisse pousser ses moustaches, porte des gants jaunes, — même dans le sanctuaire de l'université, — tandis que le *romantisme*, naguère si échevelé, se fait coiffer chaque matin par *Rousset-Michalon*, — aujourd'hui la littérature est éclectique comme la philosophie, et ses doctrines se résument dans ce vers si connu :

Tous les genres sont bons, hors le genre ennuyeux.

On voit donc qu'aucun motif d'animosité n'existait contre M. Victor Hugo avant l'apparition de la trilogie ; d'où je conclus, contrairement à l'assertion de ses amis, qu'il n'y a pas eu de cabale montée pour faire tomber ce drame.

Maintenant, je l'avoue, une opposition assez vive — indépendante même des défauts choquants de l'œuvre— trouble le triomphe rêvé par l'auteur; mais il ne doit s'en prendre qu'à certains champions *inintelligents*, dont la conduite a scandalisé le public, — le public payant à la porte du théâtre, — le vrai public en un mot. Les allégations de plusieurs journaux n'étaient nullement mensongères, et j'ai été témoin, à l'une des premières représentations, de l'invasion d'une loge par deux ou trois prétoriens du lustre. Un jeune homme avait sifflé et fut mis à la porte : *on aurait dû plutôt lui décerner la croix d'honneur;* — le mot n'est pas de moi, il appartient à M. J. Janin qui pourtant... nous verrons tout à l'heure. — Certes, il y a quelque trente-cinq ans, je ne serais pas resté spectateur bénévole de cette scène, car alors *j'étais jeune et superbe!* à la manière du moins dont l'entendait Talma. — Ceci me rappelle la première représentation du *Pierre-le-Grand* de M. Carion de Nisas; j'y étais en personne; et je ne sais plus quel personnage de la tragédie ayant débité cet hémistiche :

Le visir a tout craint......

Un plaisant, mon voisin, s'écria : *qu'on lui coupe la queue;* — on se prit à rire; mais les claqueurs, — car il y en avait déjà, quoique moins bien organisés qu'aujourd'hui — se jetèrent sur lui et voulurent l'éconduire; je pris vigoureusement sa défense, la partie saine du parterre suivit mon exemple, et après une lutte acharnée, le champ de bataille nous resta;—puis, la pièce fut sifflée, — comme elle le méritait.

Mais revenons à nos moutons. — On prétend que des perturbateurs ignares sifflent à chaque représentation les meilleurs endroits des *Burgraves*. Avant tout, Il faudrait s'entendre au sujet de ces *meilleurs endroits;* ce qui semble beau aux uns peut paraître laid aux autres. De quel côté se trouve le goût et la raison?

Par exemple, les amis de M. Hugo ont coutume d'applaudir à tout rompre les vers suivants :

Le brave mort dormait dans sa tombe humble et pure,
Couché dans son serment comme dans son armure,
Et le temps, qui des morts ronge le vêtement,
Parfois brisait l'armure et jamais le serment.

Eh bien! moi, — je l'avoue à ma honte, — je les trouve détestables. Qu'on dise d'un guerrier qu'il est mort dans son serment comme dans son armure, c'est déjà fort honnête, d'autant plus, — nous en savons quelque chose, — que les exemples contraires sont assez fréquents ; mais faire survivre le serment de l'homme à l'homme lui-même, et l'embaumer en quelque sorte par le procédé *Gannal*, voilà une idée qui ne pouvait naître que dans le cerveau du ci-devant enfant sublime.

Les amants débitent sans doute beaucoup d'extravagances ; cependant celui qui jure à sa maîtresse de l'adorer au-delà du tombeau, reste jusqu'à un certain point dans le vrai ; car, comme nous croyons, — ou sommes censés croire — à une vie future, il n'est pas absolument impossible que nous conservions au milieu de l'autre monde les sentiments et les affections de celui-ci ; nous savons même, par le pieux Énée, que dans les Champs-Elysées les ombres continuaient à se livrer à leurs habitudes et à leurs goûts:

> *Il y vit* l'ombre d'un cocher,
> Qui tenant l'ombre d'une brosse,
> En frottait l'ombre d'un carrosse.

Mais, s'il m'arrive de mourir samedi, comment diable voulez-vous que je tienne mon serment, d'aller siffler dimanche la tirade ampoulée et vide de sens du vieux Magnus?

Et il nous faudrait admirer de pareilles absurdités?

On voit que le poète, fidèle à ses antécédents, pousse toujours l'exagération jusqu'au ridicule ; pour lui, le *gommé* est le grand, le boursouflé, le sublime. En voulez-vous un second exemple ?

Magnus, le fils de l'aïeul, gourmandant les jeunes Burgraves, leur rappelle qu'autrefois on accueillait avec bienveillance le pauvre vieillard vaincu par l'âge et par la faim ; que ses hôtes lui versaient rasade et ne le laissaient jamais partir sans lui mettre un peu d'or dans la main.

Rien de mieux, la leçon est bonne ; mais Job, l'aïeul, trouve que ce n'est pas assez, et voilà que, rompant un judicieux silence, il s'écrie tout à coup :

Jeune homme, taisez-vous; — de mon temps, dans nos fêtes,
Quand nous buvions, chantant plus haut que vous encor,
Autour d'un bœuf entier posé sur un plat d'or,
S'il arrivait qu'un vieux passant devant la porte.
Pauvre, en haillons, pieds nus, suppliant; une escorte
L'allait chercher; sitôt qu'il entrait les clairons
Éclataient ; on voyait se lever les barons;
Les jeunes, sans parler, sans chanter, sans sourire,
S'inclinaient, fussent-ils princes du Saint-Empire;
Et les vieillards tendaient la main à l'inconnu
En lui disant : Seigneur, soyez le bien venu.

Le bonhomme *Job*, en parlant ainsi, radote ou nous prend pour des *Jobards*; dans quels climats hyperboréens, à quelles époques anté-diluviennes, chez quelles peuplades exotiques ou antocthônes, a-t-on jamais rendu de tels honneurs aux mendiants couverts de guenilles? où diable a-t-on jamais vu, je le demande, les grands de la terre, — des souverains, — des princes, — des barons, — se courber avec respect devant le premier vagabond venu, — un habitué de la Cour d'assises, — un échappé du bagne, peut-être, — et l'appeler *seigneur*, en lui serrant la main, le tout sans même l'avoir invité à exhiber son passeport? — Cela, vous l'avouerez, offense le sens commun, et l'image la moins fantastique de la tirade cidessus est celle de l'énorme beefsteak servi sur un plat d'or.

Ce serait à n'en pas finir, si l'on voulait citer les divers passages dont l'examen donnerait lieu à des remarques semblables.

Toute action entraîne une réaction. Ce qui a donné plus de vivacité aux attaques dirigées contre la trilogie, ce sont les éloges exagérés de quelques-uns des coryphées de la presse périodique, gaillards de beaucoup d'esprit sans doute, mais dont les arrêts, — trop souvent soumis à l'influence de la camaraderie littéraire, — ne doivent pas être considérés comme paroles d'évangile.

C'est le critique de la rue des Prêtres, le grand critique, ou, pour mieux dire, le critique tout court, qui a donné le branle ; voici venir son compte rendu de la première représentation des *Burgraves*. Vous vous imaginez qu'il va, comme à l'ordinaire, tourner pendant six ou huit mortelles colonnes autour du pot, — passez-moi cette expression pittoresque, — avant d'en venir *à bon port au fait de son chapon?* Détrompez-vous ; cette fois, — une fois n'est pas coutume, — vous n'aurez aucune nouvelle de son ménage, il ne vous dira rien de sa femme rose, de son jaune serin, ni de son caniche, le critique marié; — car il est marié, bien marié et vous avez été à sa noce; — il ne soufflera mot de son jardin suspendu, de ce jardin babylonien, renfermé dans la capacité de trois vases en terre cuite, et dont il ne s'éloigne jamais sans s'écrier avec le poète : *ô rus quando te aspiciam!* — non, vous serez privé de ces précieux détails, son papier, son encre, il les a consacrés sans partage, — *en vertu d'ordre supérieur*, — à la glorification des vieux Titans du Rhin, et il commencera tout de suite son feuilleton..... par le commencement.

J'ai dit ; *en vertu d'ordre supérieur;* ces mots, je vais les expliquer. Le jour qui suivit la représentation à laquelle j'assistai, il m'arriva d'aller au Palais-Royal et de passer sous le pérystile du Théâtre-Français. J'y remarquai deux personnages dont la conversation paraissait assez animée, l'un passablement maigre, l'autre, gros garçon à la face ronde et réjouie. Celui-ci, je le reconnus sans hésitation pour l'avoir rencontré une seule fois dans un bal champêtre, donné—en ville—par M. Alphonse Karr; ce n'était rien moins que l'auteur de l'*Ane mort.* Je m'arrêtai assez près de lui, sous prétexte de lire l'affiche du spectacle, mais en réalité dans le but, — je le confesse, — de satisfaire l'insatiable curiosité qui me travaille à l'endroit des grands hommes de notre époque ; — oui, je me mettrais en faction dans la rue pendant trois heures d'*horloge*, au risque de gagner un gros rhume, pour voir passer, par exemple, la canne de M. de Balzac, et j'ai un jour pris tout exprès l'omnibus afin d'avoir l'avantage d'offrir une prise de tabac à deux célébrités antipodales : le nez de M. d'Argout et celui de M. Crémieux.—Ainsi arrêté, je fus tout oreille, et j'entendis tomber ces mots de la bouche du gros garçon : « Ah ! que vous êtes heureux, mon cher, d'être indépendant ; cette pièce est détestable (je devinai qu'il s'agissait de la trilogie), eh bien ! B***** veut absolument que j'en dise du bien, il le veut et cela sera ; quel chien de métier ! » — A peine ceci dit, les deux interlocuteurs se séparèrent, je m'en allai de mon côté, et le lendemain matin douze colonnes de feuilleton, rangées en bataille, signalèrent à mes yeux l'omnipotence de l'autocrate des *Débats*. — Soyons juste pourtant, M. J. J. forcé de mentir à sa conscience, avait du moins atténué ses éloges de commande par quelques observations critiques très justes.

Après lui vient un de ses jeunes émules, Fortunio, le voyageur *Tra los montès* dont j'aime la piquante originalité, — quand toutefois elle ne va pas jusqu'à prendre la teinte *sanguinaire* de certain coucher de soleil. — Amateur effréné du bric-à-brac moyen-âge et du génie de M. Victor Hugo, un double sentiment de sympathie l'entraînait vers les *Burgraves*. Aussi a-t-il déployé en leur faveur toutes les ressources de son éloquence, flanquées d'images singulièrement appropriées à la chose. Ecoutez-le : « Ces personnages de granit résument d'une manière admirable le donjon féodal avec ses sarbacanes et ses machicoulis.—Ce monologue présente un merveilleux enchevêtrement de piliers, d'arcs-boutants et de contreforts, — voilà une tirade comparable aux voûtes sombres et surbaissées de l'époque romane, — voici des vers de style ogival s'épanouissant en rosaces et en gracieux rinceaux; — plus loin, un hémistiche profondément ciselé, —une épithète accrochée à son substantif comme la guérite en poudrière aux flancs de la tour vertigineuse, etc.» — Le jeune critique épuise enfin en formules laudatives, toute la nomenclature des termes de l'architecthonique du XIIe siècle; il n'en a oublié qu'un seul, dont pourtant la fréquente application eut été assez motivée : *les gargouilles*.

Arrive un troisième thuriféraire qui, cédant à un dévouement de longue date, descend de son *premier Paris* dans le feuilleton, afin de rompre une lance en l'honneur des *Burgraves*. Esprit plein de vivacité, mordant et incisif, c'est sans contredit le plus redoutable champion de la presse militante. On a dit de lui que sa plume était une massue avec laquelle il assommait ses adversaires. Son seul défaut est d'aimer à soutenir des thèses étranges, et il arrive souvent que, fasciné par sa prestidigieuse argumentation, nous nous laissons entraîner à prendre des vessies pour des lanternes. Ne s'est-il pas avisé un beau jour, si ma mémoire est bonne, de vouloir prouver que les guillotineurs de 93 étaient meilleurs royalistes que les guillotinés! — Le *Barbon* du grand Balzac, — du grand Balzac n° 1er, entendons-nous, — n'eut pas mérité de décrotter ses bottes; ce *Barbon* cependant maniait fort joliment le syllogisme, et vous aller en juger : — voulant prouver à son père que celui-ci avait des cornes et à sa mère qu'elle avait de la barbe, il leur disait : Vous avez nécessairement tout ce que vous n'avez pas perdu; or, vous n'avez pas perdu des cornes — ou de la barbe : donc vous en avez. — Cette conséquence était logique, et le père et la mère, dans l'impossibilité de la combattre, furent bien obligés de l'accepter.

Notre spirituel critique, lui, émet à propos des *Burgraves* un paradoxe bien autrement extraordinaire : à savoir, que M. V. Hugo est le digne successeur de Corneille et de Racine; — grands dieux! que peut-il y avoir de commun entre des chefs-d'œuvre où règne une majestueuse unité, où tout se rattache à la nature humaine, où les incidents, les péripéties sont le résultat nécessaire du développement des passions; que peut-il, dis-je, y avoir de commun entre ces productions immortelles et un drame bâtard dont les personnages et les accessoires, (morts ressuscités, — enfant perdu et retrouvé, — caveau *discret*, — taches de sang ineffaçables comme celles de la *Barbe-Bleue*, — barreaux de fer impossibles, — bierre de sapin, remède secret et acide prussique), ont été empruntés aux théâtres des boulevards? — L'énormité de ce paradoxe produisit sur moi, dans le premier moment, un singulier effet, je fus comme frappé de stupéfaction, et, me palpant de la tête aux pieds et des pieds à la tête, je me demandai s'il était bien vrai que j'existasse et que je fusse Pierre Ledru; — enfin, je reconnus mon identité, et, après une mûre réflexion, je finis, le croirez-vous? par savoir presque gré au rédacteur du *Globe* de sa modération : au fait, au lieu de mettre M. Hugo à la suite de Corneille et de Racine, qui l'empêchait de le faire passer avant eux?

D'autres encore ont chanté des *hosanna* à M. Hugo, et se sont efforcés de combattre, préventivement, les objections dont *les Burgraves* pourraient être l'objet; je me permettrai de répondre, sans autre secours que mon gros bon sens, à quelques-unes de leurs questions.

1° N'est-il pas permis à M. Hugo de faire ce qu'ont fait Eschyle, Shakspeare et Schiller?

Non seulement nous le lui permettons, mais nous l'engageons, s'il veut continuer de composer des drames, à imiter ces grands poètes, lesquels, dans leur belles créations, tenaient compte des croyances, des mœurs, ou de l'esprit particulier du peuple dont ils ambitionnaient le suffrage. Certes, le premier, s'il vivait de nos jours et parmi nous, se garderait bien de nous montrer Prométhée cloué sur son rocher; et ce qui charmait les Anglais sous Elisabeth ou plaît aujourd'hui au génie rêveur de nos voisins d'outre Rhin, peut fort bien ne pas nous convenir. Quel que soit son talent, le poète ne saurait espérer de façonner son siècle à sa guise, il doit au contraire, dans ses œuvres, être l'expression de la société, autrement pas de succès possible pour lui ;—au surplus, cette question a peu d'importance, M. Hugo s'est emparé d'une ballade allemande, il en avait le droit; il a fait revivre Frédéric Barberousse, c'est très bien ; son grand tort consiste à avoir imaginé des incidents dont la choquante invraisemblance serait à peine tolérée dans le plus mauvais mélodrame.

2° Nous lisons avec bonheur dans notre enfance et même plus tard, des contes, des récits fantastiques; mais au théâtre nous voulons de la raison et de la vérité, n'est ce pas une inconséquence?

En effet, vouloir de la raison et de la vérité, c'est beaucoup trop exiger de l'auteur de la trilogie ; — pourtant, voyons : — Les gens d'un âge mûr, et même les *vieux*, aiment sans doute à s'égarer quelquefois, *Gulliver*, les *Mille et Une Nuits* ou les contes d'*Hoffmann* à la main, dans la vaste étendue des régions imaginaires ; mais ces livres charmants, ils les abandonnent bientôt pour d'autres d'un intérêt plus grave où se déroule l'histoire du monde et du cœur humain. — Il en est de même du théâtre, — si nous prenons plaisir à voir jouer telle féerie ou tel mélodrame, nous éprouvons une jouissance mieux sentie encore, parce qu'elle est sérieuse et réfléchie, à la représentation de ces œuvres tragiques grandes et régulières, dans lesquelles les plus nobles facultés de l'âme trouvent un aliment digne d'elles ; — or, *ce plaisir*, quand il nous convient, nous allons le trouver à l'Ambigu-Comique ou à la Porte-Saint-Martin ; — *cette jouissance*, nous allons la chercher au Théâtre-Français. Chaque chose doit rester à sa place, et ce que j'applaudirais sur le boulevard, je le sifflerais au Palais-Royal. — Voilà pourquoi il n'y a pas d'inconséquence à vouloir que la raison et la vérité soient respectées dans l'enceinte où retentissent les admirables vers de Corneille et de Racine. Mais bien plus, hors de la vérité peut-il y avoir du beau, du grand, du sublime? n'est-elle pas le but constant vers lequel gravite l'humanité? En tant que relative, n'est-elle pas indispensable, même dans les compositions fantastiques? — Vous pouvez, poète, nous montrer Dieu ou Satan, des génies ou des sorcières; mais sous peine d'encourir notre dédain, vous êtes tenu de les faire parler et agir d'après le caractère que nous leur supposons. Vous nous faites voir des hommes? donnez-leur le langage, les sentiments, les passions de l'homme. Cette condition, l'auteur des *Burgraves* l'a-t-il remplie? — Non; — la plupart de ses personnages sont des êtres sans chair et sans os, des fantômes; et s'ils consentaient à se palper la région du cœur et à être sincères, chacun d'eux dirait comme Guanhumara :

> . . . . je n'ai rien d'humain,
> Et je ne sens rien là quand j'y porte la main.

3° Voudriez-vous défendre au poète de *s'abandonner à sa fantaisie?*

Pas le moins du monde, j'en suis à mille lieues; qu'il s'y abandonne donc, sans crainte, sans remords, le poète; seulement je l'engage à s'abstenir de me l'imposer; si elle sympathise avec la mienne, à la bonne heure, je m'empresse de l'accueillir, dans le cas contraire, j'ai bien le droit de la rejeter, — et je la rejette. Eh quoi! à votre compte, le premier crétin littéraire venu transporterait sur la scène les rêves de son imagination malade, nous présenterait des êtres bizarres, des monstres inconnus à M. Geoffroy Saint-Hilaire lui-même, et nous ne pourions pas le bafouer à notre aise, sous prétexte que le poète est libre de *s'abandonner à sa fantaisie?* — Allons donc, c'est par trop bouffon.

J'avais écrit ce qui précède lorsque la trilogie imprimée a été mise en vente. La lecture que j'en ai faite n'a nullement altéré mes convictions : malgré quelques beaux vers, rien de plus faux, de plus froid que ce drame. Il se soutient, dit-on, au théâtre, balotté entre les applaudissements et les sifflets; mon dieu! qu'on le laisse aller sans entraves et il mourra bientôt de sa belle mort : je ne lui donne pas quinze jours à vivre.

A d'autres plus habiles que moi le soin de l'examiner en détail, scène par scène et vers par vers. Cette tâche serait au-dessus de mes forces. Je me permettrai seulement de citer quelques phrases et de dire quelques mots de la préface de l'auteur. C'est un morceau d'éloquence fort réjouissant, aussi ne regretté-je pas les 5 francs qu'il m'a coûté : jamais je ne me suis diverti à si peu de frais.

Soyez attentif, M. Victor Hugo va parler :

« Au temps d'Eschyle, la *Thessalie* était un lieu sinistre. Il y avait eu là autrefois des *géants*; il y avait là maintenant des *fantômes*. Le voyageur qui se hasardait au-delà de *Delphes* et qui franchissait les *forêts verigineuses du mont Cnemis*, croyait voir partout, la nuit venue, s'ouvrir et flamboyer l'*œil des Cyclopes* ensevelis dans les marais du *Sperchius*. Les trois mille *Océanides éplorées* lui apparaissaient en foule dans les nuées au-dessus du Pinde; dans les cent vallées de l'*Œta* il retrouvait l'empreinte profonde et les *coudes horribles* des cent bras des *Hecatonchires* tombés jadis sur ces rochers; il contemplait avec une stupeur religieuse la trace des *ongles crispés d'Enclade* sur le flanc du *Pélion*. Il n'apercevait pas à l'horison l'*immense Prométhée* couché comme une montagne sur une montagne, sur des sommets entourés de tempêtes; car les dieux avaient rendu *Prométhée* invisible; mais à travers les branchages des vieux chênes, les *gémissements du colosse* arrivaient jusqu'à lui, passant; et il entendait par intervalles le *monstreux vautour* essuyer son *bec d'airain* aux *granits sonores* du *mont Othrys*. Par moments, un grondement de tonnerre *sortait du mont Olympe*, et, dans ces instants là, le voyageur épouvanté voyait se soulever au nord, dans les *déchirures des monts Cambuniens*, la tête difforme du *grand Hadès*, dieu des ténèbres intérieures; à l'orient, au-delà du *mont Ossa*, il entendait mugir *Céto*, la *femme baleine*; à l'occident, par dessus le *mont Callidrome*, à travers la *mer des Alcyons*, un vent lointain, venu de la Sicile, lui apportait l'*aboiement vivant et terrible du gouffre de Scylla*, etc. »

Grand Dieu! quel *Ossa* d'érudition de cinquième! quel *Pélion* d'épithètes boursoufflées! quel *titanique* galimathias! — Non, jamais on n'a abusé à tel point du dictionnaire de Chompré et de celui de M. Bouillet. — Et tout cela pour nous insinuer que les Burgraves sont comparables aux Titans, *fils d'Uranus et de Ghê*, et que M. Hugo est un Eschyle!...

Belle conclusion, et digne de l'exorde.

M. Hugo a encore une autre prétention: celle d'être un grand philosophe. Nous ne sentons pas bien, nous, ses contemporains, toute la portée de ses ouvrages; mais la postérité *en saisira l'ensemble*, *en pénétrera la pensée*, *en comprendra la cohésion;* il marche dans une route inconnue à ses prédécesseurs, et *compose ses réalités avec des abstractions* (c'est sans doute à cause de cela qu'elles nous paraissent si souvent insaisissables). Vous croyez que la trilogie n'est qu'un drame? c'est bien plus: un mythe. L'auteur après avoir visité les bords du Rhin, n'a pas seulement voulu *conclure le mollusque du coquillage*, et nous montrer avec leur armure, leurs mœurs et leurs passions, les anciens habitants de ces demeures féodales ; bien d'autres idées, ma foi, l'ont préoccupé ; ainsi Job l'aïeul, Magnus le père, Hatto le fils, et Gorlois, le bâtard, représentent *la grande échelle morale de dégradation des races;* de plus, les trois premiers sont l'incarnation de *Caïn*, de *Nemrod* et de *Sardanapale*, lesquels se résument dans Gorlois ; Guanhumara personnifie à la fois *la Servitude* et *la Fatalité*, et Frédéric Barberousse tient la place de *la Providence*. Or, *la providence* brisera *la fatalité;* Job, le maudit, restera *auguste*, Magnus continuera *à être grand*, et leurs fils dégénérés iront un jour grossir la phalange des lions du boulevard Italien.

Qu'il a fallu d'efforts d'esprit, de puissance méditative, d'insomnies et de cauchemars pour trouver toutes ces combinaisons ! et dire que leur seul résultat soit de faire bâiller pendant trois heures l'auditoire le mieux disposé à goûter les plaisirs de la scène !

Corneille et Racine, eux, — lisez leurs préfaces, — restent toujours sur la terre, ils ne savent ni s'élever dans ces hautes régions du vide, ni descendre dans ces profondeurs de la métaphysique ; en revanche, ils font depuis deux siècles le charme des âmes sensibles et des esprits éclairés : pardonnons-leur en faveur de la compensation.

Plusieurs habiles critiques ont reproché à M. Victor Hugo l'impropriété du mot *trilogie*, employé par lui pour caractériser un drame en trois actes. Mais il paraît tenir beaucoup à cette dénomination et affirme que partout elle signifie **SEULEMENT** et **ESSENTIELLEMENT** *poëme en trois chants ou drame en trois actes*. Voilà donc d'un côté des hommes d'un certain poids et de l'autre un illustre académicien sachant, — ou croyant savoir, — sa Grèce antique sur le bout du doigt. A qui donner raison? J'étais inhabile à juger le différent, car je ne ressemble en rien à M. de Pourceaugnac : le gentilhomme limousin connaissait parfaitement tous les termes de la chicane sans les avoir jamais appris; moi, je n'ai jamais étudié le grec, eh bien! je déclare sur mon honneur que je n'en sais pas un seul mot. — Donc, pour fixer mon opinion, je me déterminai, — comme je le fais dans tous les cas semblables, — à consulter quelques amis en qui j'ai grande confiance; je leur demandai la définition du mot *trilogie*, et je transcris littéralement leurs réponses :

« Premier Ami. — Ensemble de trois pièces drama-
« tiques.

« Deuxième Ami. — On nommait chez les Grecs *tétra-
« logie*, quatre pièces dramatiques d'un même auteur,
« dont les trois premières étaient des tragédies, et la
« quatrième satirique ou bouffone. Le but de ces quatre
« pièces d'un même poète était de remporter la victoire
« dans les combats littéraires..... Le *Scoliaste* d'Aristo-
« phane observe qu'Aristarque et Apollonius, considérant
« les trois tragédies séparément du drame appelé satire,
« les nommaient des *trilogies*, parce que les satires étaient
« d'un genre comique, n'avaient aucune relation, soit
« pour le style, soit pour le sujet, avec les trois tragédies
« qui étaient le fondement de la *trilogie*.

« Troisième Ami. — Terme d'antiquité grecque, nom
« donné à l'ensemble des trois tragédies que présentaient
« les poètes dramatiques lorsqu'ils concouraient pour
« obtenir la couronne et qui formaient les parties les
« plus importantes de la *tétralogie*..... Il se dit de trois

« pièces représentées séparément, dont le sujet a quelque « connexité, dont les personnages sont les mêmes. « Comme *Agamemnon*, *les Choéphores* et *les Euménides*, « forment la *trilogie* d'Eschyle; ainsi, *le Barbier de Sé-* « *ville*, *le Mariage de Figaro* et *la Mère coupable*, consti- « tuent la *trilogie* de Beaumarchais. »

La concordance de ces renseignements décidait à mes yeux la question, et je me trouvai, comme j'y suis encore, dans la fâcheuse alternative de soupçonner M. Hugo de mauvaise foi ou de douter de ses connaissances philologiques; — tout bien considéré, je respecte trop son caractère pour ne pas préférer le *doute* au *soupçon*, — Mais j'entends les âmes damnées du poète s'écrier : Quels sont ces amis dont vous nous citez complaisamment les paroles? quels titres, sous le rapport du savoir, ont-ils à notre confiance? Nous n'acceptons nullement leur témoignage. — Alors, Messieurs, vous rejettez donc celui de l'*Encyclopédie méthodique*, du *Dictionnaire d'Alexandre* et de celui de l'*Académie*, car ce sont les AMIS auxquels je me suis adressé.

Restons dans le vrai; M. Hugo aime à s'éloigner des routes battues et vise constamment à l'originalité. Voilà pourquoi il a placé sur le *frontispice* de son œuvre un mot inconnu du vulgaire, sans s'embarrasser de la difficulté d'en justifier l'emploi. C'était aussi un moyen d'exciter la curiosité. Il y a des braves gens qui ne quitteraient pas le coin de leur feu pour aller entendre un drame en *trois actes* et qui s'empressent d'assister à la représentation des *Burgraves*, afin de savoir ce que c'est qu'une *trilogie*.

Le charlatanisme des mots, — chose étrange! — n'a jamais mieux réussi qu'à cette époque de lumières. Vous êtes l'inventeur d'un cosmétique méprisé? baptisez-le du nom de *melaïnocome*, et tout le monde, jusqu'à M. Dupin, s'empressera d'en faire usage : l'auteur de la *trilogie* a voulu assurer le succès de sa pommade.

Avant de terminer je tiens à faire une profession de foi. Quoique appartenant à la génération presque éteinte des *grognards* de l'empire, je ne suis pas un homme fossile, j'ai marché, comme on dit, avec le siècle, et je suis autant qu'un autre sensible au beau partout où je le trouve. Aussi aimé-je à rendre justice au talent de M. V. Hugo. Oui, procurez-vous,—s'il est possible,—le talisman d'Aladin, frottez légèrement la lampe merveilleuse, et ordonnez au génie son esclave de vous apporter les diamants, les émeraudes, les saphirs répandus avec tant de profusion dans les *Mille-et-une-Nuits ;* agitez, retournez ces pierres précieuses aux rayons d'un soleil éclatant, et il en jaillira moins d'éteincelles, d'éclairs brillants et de vives couleurs que n'en reflètent les *Orientales*, les *Odes et Ballades*,— mais il ne suffit pas pour créer un beau drame de savoir rassembler dans un certain nombre de vers harmonieux les images les plus gracieuses et les plus splendides. Il faut autre chose encore et cette autre chose M. Hugo ne la possède pas. La poésie lyrique lui a prodigué ses faveurs, elle peut les lui continuer longtemps ; mais qu'il cesse de courtiser la muse tragique, c'est une ingrate qui ne le payera jamais de retour.

Un excellent jeune homme me disait, il y a quelques jours, très sérieusement et dans toute la pureté de son cœur : Mais, quelle différence trouvez-vous donc entre l'auteur d'*Andromaque* et celui des *Burgraves ?* — la différence, lui répondis-je, la voici : Racine était une AME, M. Victor Hugo n'est qu'un CERVEAU,—Dieu veuille le

Supplément aux PETITES AFFICHES.

ENFANTS PERDUS.

L'Océan et Téthys dont les filles, — les Océanides, — ont pour la première fois abandonné *le toît* paternel, prient instamment M. Hugo, de leur faire connaître dans quelle partie du ciel il a vu gambader au milieu des nuages les trois mille *Fugitives*. — Récompense honnête.

www.ingramcontent.com/pod-product-compliance
Ingram Content Group UK Ltd.
Pitfield, Milton Keynes, MK11 3LW, UK
UKHW020541230726
13925UKWH00006B/2405

9 782014 032529